عودة

وقصص أخرى

بطاقة الكتاب:

اسم الكتاب: عودة وقصص أخرى

اسم الكاتب: محمد عبدالله طلبه محمد

نوع الكتاب: مجموعة قصصية

عدد الصفحـات: 58 صفحة

المقاس: 20 x14

رقم إيداع: 2023/017053

الترقيم الدولي: 978-977-8972-18-4

الطبعة: الأولى، 2023م

رئيس مجلس الإدارة

مها المقداد

للتواصل والطلب من داخل أو خارج مصر:
00201129195867-00201033966291

الغلاف والتنسيق الداخلي والمراجعة

فريق دار المصرية السودانية الإماراتية للنشر والتوزيع

فريق عمل
دار المصرية السودانية الإماراتية للنشر والتوزيع

فريق عمل
سحر الروايات - ShrElRawayat

الــتــنــسيــق الــداخـلــي: مــريــم محــمـد ســيـد

دار المصرية السودانية الإماراتية للنشر والتوزيع-مها المقداد

+201289024055

Mahaelmukdad@gmail.com

محمد عبدالله طلبه محمد

عودة

وقصص أخرى

مقدمة

عودة هي عودة لكل ما هو جميل عوده لزمن الأدب الكلاسيكي الذي يعبر عن

الواقع وما يحدث فيه، عودة للنفس وانقاذ لها من الغرق في الاحلام والضياع،

عودة بطل قصتنا لنفسه قبل الضياع الذي لا رجعة منه وانقاذ أسرته،

العودة إلى طريق الحق، العوده إلى العلم والتعليم، عودة الابن إلى أبيه وأخوته،

العودة هو شيء نتمناه كلنا عوده للنفس والحق والطريق المستقيم.

المؤلف

عودة

عودة

آه يا إلهي ماذا حدث لي؟ كيف عادت حياتي تعيسة مرة أخرى كيف تحولت حياتي في لحظات من سعادة وهناء إلى تعاسة وشقاء؟ من بعد غنى وراحة بال إلى فقر ومشقة في العيش لي ولأطفالي؛ كيف كنت بالأمس القريب؟ وكيف أصبح حالي اليوم؟.

تذكرت فاطمة كيف كانت فتاة حسنة المظهر، جميلة الطباع، جميلة الشكل، طيبة النفس، رقيقة محبوبة بين الناس عندما كانت في سن الثالثة عشر من عمرها، وكانت تعيش عيشة طيبة كريمة مع والديها وكيف أن القدر لم يرحمها منذ صغرها وحتى الآن ففي يوم من أيام طفولتها استيقظت مبكرًا كعادتها أستعدادا للذهاب إلى المدرسة فوجدت والدتها حبيبة قلبها تتألم بشدة فأقبلت عليها وسألتها ما بها وما الذي يؤلمها؟

فقالت لها والدتها: لا أعرف يا ابنتي فمنذ أيام كان يأتيني الألم، ولكن هذه المرة أصبح الألم شديد جدا عن المرات السابقة فما كان من فاطمة إلا التغيب عن المدرسة وبعد مدة حضر الأب فوجد ابنته بالمنزل فأخبرته بما حدث لوالدتها فحزن حزنا شديدا وأخذ زوجته إلى المشفى؛ لمعرفة سبب الألم الذي يحدث لزوجته فأخبره الطبيب أن الزوجه مصابة بمرض السرطان في القلب فحزنت فاطمة على والدتها كما حزن والدها وبقيت مع والدتها بالمشفى وبعد بضعة أيام توفيت الأم وأصيبت فاطمة بحزن شديد وبالرغم من ذلك أصبحت مسئولة عن أبيها كما اهتمت بدروسها رغم تغيبها عن المدرسة ولم يمضِ وقت كثير على وفاة أمها الحبيبة حتى فوجئت بأبيها يخبرها أنه تزوج من أخرى وقد نزل عليها الخبر كالصاعقة فكيف تعيش مع زوجة أبيها التي ستحتل

مكان أمها في المنزل وكيف ستتعامل معها ومن اليوم الأول لهما لم يتوافقا وكانت هناك مشاحنات كثيرة بينهما مما جعل الحياة كالجحيم بالنسبة لفاطمة وبالرغم من ذلك ظلت تدرس حتى التحقت بالجامعه وكلما كبرت زاد جمالها فأصبحت فتاة جميلة رغبها كل شاب وتمناها لنفسه وخطبها أبناء بلدتها وأحبها كل زملائها في الجامعة ولكن تعلق قلبها به وحده وتمنته وحده ورغبت أن يكون شريك حياتها، إنها تشعر بسعادة غامرة عندما تراه وإذا غاب عنها كأنها تائهة، كأنها في صحراء جرداء، وعندما تنظر إلى عينيه تشعر بأمان ومستقبل مشرق إنه ذلك الشاب الوسيم ذو الخلق خفيف الروح المبتسم دائما تظهر علامات الرجولة في كل تصرفاته وأقواله إنه محمد ، وهو أيضًا كان يبحث عنها في كل مكان، كأنها الضوء الذي يرى به طريقه وعندما تبتسم له كأنه ملك الدنيا وما فيها ورغب في أن يجمعها لها في باقة ويهديها إياها إنها الحياة بالنسبة له، كانت أمنيته أن يجمعهما بيت واحد، وهي أيضا تمنت من الله أن تكون له وحده وأن تكون أما لأبناءه، وقد حقق الله لها أمنيتها عندما تقدم لخطبتها بعد أن أتم دراسته وأقام مشروعا خاصا ووافق والدها عليه فتزوجت تلك الفتاة الجميلة بمن اختاره قلبها بذاك الشاب المحترم ذو الأخلاق، الميسور الحال وعاشا في سعادة وهناء كما تمنيا وأنجبا طفلاً جميلاً وكانت سعادتهما غامرة وزادت سعادتهما فأنجبا بعد عامين من الطفل فتاه ذات جمال وأخذ الأب يجتهد في العمل ليزداد ثراء حتى يسعد أسرته.

وبعدها بقليل أنجبا فتاه أخرى جميلة ولكن السعادة لم تستمر كما كانا يرغبان؛ إذ فجأة مات الأب تاركا أسرته في حيرة من أمرهم وتاركا جنينا في بطن أمه لم ير النور ولم يسعد برؤية أبيه وكان الابن مازال صغيرا لم يبلغ غير تسع سنوات والفتاتان إحداهما سبع سنوات والأخرى ثلاث سنوات وبعد فترة قصيرة

جدامن وفاته، فوجئت الأم بأخى زوجها يطلب منها مغادرة المنزل الذي أقامت به أحلى فترات عمرها وأخبرها أن زوجها قد كتب له كل ما يملك قبل وفاته وعرض عليها أوراق التنازل وعندما رفضت ترك المنزل قام بطردها هي وأبناءها بالقوة فلجأت إلي أبيها ليساعدها ويسترجع حقها وحق أبنائها ممن أخذه ظلما وزورا ولكنه بدلا من ذلك طلب منها ترك أبناءها لعمهم والبقاء في البيت معه، ولكنها رفضت ترك أبنائها وقامت بالسكنى في منزل بالإيجار لتربية أبنائها وفكرت كثيرا في مجال عمل يساعدها على توفير المال فلم تجد غير مجال تفصيل الملابس الذي كانت بارعة فيه منذ صغرها بتفصيل الفساتين لعرائسها.

وقد برعت في ذلك المجال فساعدها أهل الخيركما ساعدها الجيران فاشتروا لها ماكينة خياطة ، عملت ليلا ونهارا لتوفير مصاريف الحياة لها ولأبنائها، لم تنس أجمل لحظات حياتها مع من عشقه قلبها وما عاشته من سعادة وتتذكر ذلك وما آل إليه حالها وما أصبح عليه أبناؤها من بعده، فتحادث نفسها كيف حدث ذلك؟ ولماذا أصبح الناس هكذا ليس في قلوبهم رحمة ولا شفقه؟ وكيف فرط العم والجد في أبنائهما؟ وما أصبحت عليه قلوب البشر من تحجر وظلم وقسوة؟

تقضي لياليها تفكر وهي تعمل، وفي ليلة وهي لا تزال تعمل لم تدر كم من الوقت مر حتى سمعت قارئ الفجر بالمسجد المجاور وهو يقرأ بصوت عذب جميل خشع له قلبها وشعرت بسكون وراحه وأحست بأن هناك يداً خفيه تطمئنها بأن رحمة الله قريبة وأن ما بعد العسر يسرا حتى وصل القارئ إلى قوله تعالى ((ثم قست قلوبكم من بعد ذلك فهي كالحجارة أو أشد قسوة وإن من الحجارة لما يتفجر منه الأنهار وإن منها   لمايشقق فيخرج منه الماء وإن منها لما يهبط من خشية الله وما الله بغافل عما تعملون)) صدق الله العظيم

فتذكرت ظلم الأخ لأخيه وقسوة الأب فبكت بكاء شديدا فكان الابن كلما وجد أمه تبكي قام بمسح دموعها وصمم على أن يكد ويتعب ويتعلم حتى يصبح ذا شأن وذا مستقبل لأمه ولإخوته وكذلك كانت أمنيتها، فلم يخيب الله ظنهما فأجتهد في دراسته بجانب أنه كان يعمل كل يوم بعد المدرسة بالبيع والشراء وحمل الأشياء لمن يرغب في ذلك بأجر بالسوق المجاور في ويقف في الطريق ويمسح زجاج السيارات ومعه أخته تبيع الزهور والمناديل الورقية وبالرغم من ذلك كان مستواه العلمي متقدمًا عن أقرانه بل إنه كان أعلى من مستوى طلاب الجامعه وفي أحد الأيام كعادته كان يقوم بمسح زجاج السيارات المارة على الطريق فإذا بسيارة فاخرة تقف أمامه فيعرض على صاحبها أن يقوم بمسح زجاج سيارته الأمامي فيوافق وأثناء ذلك يتجاذبان الحديث فعرف أن صاحب السيارة مسئول كبير في إحدى الجامعات وأن اسمه الدكتور نظمي كما أعجب صاحب السيارة بلباقته وأدبه وذكائه وإلمامه بما يهم من أعمال وخاصة في أمور التكنولوجيا والبرمجيات فسأله عن نفسه وأهله فعرف أنه يعيش مع أمه وإخوته كما عرف أنه يقوم بتلك الأعمال البسيطة هو وإحدي أخواته لمساعدة أمه كما عرف عنه أنه متفوق في دراسته فسأله عمن يساعده؟ فقال له أنا لا أملك إلا نفسي.

دعاه الدكتور نظمي لتناول الطعام فوافق بشرط أن يقوم بتنظيف السيارة كلها، وفي المطعم طلب أن يكون الطعام مغلفا؛ حتى يأخذه معه لأمه وإخوته بدلا من أن يأكله بمفرده.

لاحظ الدكتور نظمي حبه الكبير لأسرته كما لاحظ قدرته وإلمامه باللغة الإنجليزية وبالأحداث من حوله وسعة أفقه وثقافته فطلب منه أن يأتيه بالوثائق الخاصة به من البيت ليحاول مساعدته في التقدم لإحدى كليات القمة المتخصصه في علوم هندسة التكنولوجيا الحديثة.

وفي يوم مشهود قابله وأخبره بأن يذهب لإجراء اختبارات القبول بالكلية والتي نجح فيها بتفوق وحاز إعجاب لجنة الاختبارات وحصل على تقدير امتياز واتصل بذلك الرجل وأخبره أنه قد أدخل السعادة إلى قلب أمه وإخوته وأنهم ظلوا يبكون من الفرحة.

التحق بالكلية التي أظهر فيها نبوغا ممتازا ومعرفة نادرة بعلم التكنولوجيا والبرمجيات وبالرغم من ذلك لم يتخلَ عن مساعدة أمه وإخوته واستمر في الالتحاق بأعمال بسيطة حتى نجح في إيصال إخوته إلى مستوى تعليمي ممتاز كما استمر هو في تفوقه حتى كتبت عنه إحدى الصحف القومية مقالاً ممتازاً نشرت اسمه كأصغر خبير بالتكنولوجيا الحديثة.

كل متفوق لابد أن يكون هناك من يحقد عليه فقد كان هناك بعض زملائه يحقدون عليه؛ بسبب تفوقه وإعجاب الأساتذه به والذين كانوا يعدونه كمعيد في الكليه وكان مرشحا لذلك بقوة وممن كان معه دون معرفه به أحد أبناء عمه والذي كان على علاقه وثيقه مع عميد الكليه، سعى ذلك العم أن يكون ابنه هو المعيد وفوجئ وهو في طريقه لتقديم أوراقه بسيارة تقف أمامه بالقرب منه ويرى وجه عمه وهو يصيح في وجهه: أتظن أنك ستحصل على تلك الوظيفة، أمثالك لا يستحقون أن يتساووا بنا نحن الأسياد، فالمجتمع ليس في حاجه لأمثالك، فابني هو من سيكون معيدًا في هذه الكلية ولو لم تكن مصدقاً حاول أن تجرب.

بعد هذه الكلمات التي كأنها طلقات من الرصاص لم يتمالك نفسه فدخل في دوامه من الشرود والخوف والذهول حيث يعلم أن هذا هو الواقع المرير فسقطت منه أوراقه على الأرض وإذا بسيدة عجوز تتناول الأوراق وتعطيها له قائلة: لا تيئس يا ولدي من رحمة الله ونصره للمستضعفين، كتم أحزانه وأوجاعه وسار باتجاه الكلية وقدم أوراقه وعندما ذهب في اليوم التالي لمعرفة

النتيجة خرج عميد الكلية وسلمه الأوراق الخاصة به معتذرا له عن عدم قبوله معيدًا بها طالبا منه البحث عن عمل في مكان آخر، فأخذ أوراقه في صمت لكنه محبط مما حدث وفي ذات الوقت خرج عمه من نفس المكتب الخاص بعميد الكلية وهو يبتسم بسخرية قائلا له: ألم أخبرك أن ابني هو المعيد.

وقفت أخلاقه الحميدة التى تربى عليها حاجزا دون الرد على هذا الرجل القاسي القلب وعاد إلى المنزل يملأ قلبه الحسرة والحزن، فهو الأحق والأكفأ والأجدر لذلك العمل، وحكى لأمه وإخوته في مرارة ما حدث وأخذ ينظر إليهم بأسى وحزن قائلا لنفسه ماذا أفعل؟.

خرج للبحث عن عمل يتناسب مع قدراته ومؤهله العلمي لكنه لم يجد وما حدث معه لا يفارق ذهنه فهو يرى مدى الظلم الواقع عليه ولا يستطيع رده، قابله بعض ممن كانوا زملاءه في الكلية وكانوا ممن يضمرون له الكره، لتفوقه فرأوه وهو في تلك الحاله من اليأس والإحباط فبدأوا ينصبون شباكهم للإيقاع به وجذبه إلى طريق الضياع فادعوا أنهم بجانبه وأنه أحدهم وأعطوه بعض المال على سبيل سلفة يردها عندما يتيسر حاله ويجد عملا ثم عرضوا عليه بعض الأعمال حتى يرتبط بهم أكثر فيسهل لهم جذبه إلى مستنقعهم فبدأوا بأخذه معهم إلى بعض سهراتهم وشيئا فشيئا أصبح لا يستطيع تركهم وعدم مرافقتهم فأخذوه إلى بعض سهراتهم الماجنة وتناول المواد المخدرة بالرغم من محاولته عدم فعل ذلك ولكنه في النهاية سايرهم في الأمر وخضع لهم فبدأت حالته تزداد سوءاً يومًا بعد يوم وأوهم نفسه بأن هؤلاء هم الأصدقاء الحقيقيون في هذا العالم الظالم.

إنه ليس في وعيه إنهم وحوش وذئاب لا ترحم فقد سحبوه معهم إلى مستنقع السموم والمخدرات وعندما تمكنت تلك السموم منه كان يطلب منهم إعطاءه إياها بل كان يرجوهم ولكنهم رفضوا

أن يعطوه وبدأوا يسخرون منه ويظهرون له على حقيقتهم ويظهرون حقدهم وطلبوا منه في مقابل إعطائه المواد المخدرة أن يقوم ببيع المخدرات بل وسرقة السيارات والشقق، أحس بما أصبح فيه من رذيلة وشقاء وضياع له ولأمه وإخوته بسبب ضعفه ويأسه فقرر أن يرفض ذلك لكن إحتياجه للمال لشراء المخدرات اضطره لسرقة أشياء من البيت برغم بساطتها وبخس ثمنها، حزنت الأم حزنًا شديدًا لما آل إليه حاله وزاد الهم وهي تراه يضيع منها فماذا تفعل لتنقذه؟

كان كل يوم يدخل في جدال ونقاش حاد مع أمه وذات يوم أراد الله له العودة إلى الطريق المستقيم فبعد شجار مع أمه على المال دخل ليحضر أي شيء يبيعه حتى يشتري به المادة المخدرة فلم يجد غير ماكينة الخياطة فأخذها فوقفت الأم أمامه حتى تنقذ مصدر عيشها هي وإخوته فضربها بيده فسقطت على الأرض، فإذا بأخيه الأصغر يبكي ويقول: يا أخي الحبيب، ما الذي غيرك لهذه الدرجة؟ أين أخي الصبور المكافح؟ الذي اجتهد الليل والنهار وتفوق وحقق ما يريد، يا أخي إنك القدوة لي ولإخوتك، أين قوتك وعزيمتك وصبرك وحبك لأمك، أهذا حبك لأمك؟ أهذه وصية الله ورسوله كما أخبرتنا عنها في معاملة أمك، التي ضحت من أجلنا، أفق يا أخي مما أنت فيه، أفق............ أفق.

وقعت هذه الكلمات في نفسه وقع السحر فأسقط ماكينة الخياطه وأحتضن أخيه الصغير وأخذ يقبل رأس أمه وإخوته، وعاد لأخيه الصغير قائلا: سترى يا أخي، ماذا سيفعل أخوك الأكبر؟ وكيف سيواجه كل الصعاب؟.

وذهب إلى غرفته وأخذ يعاتب نفسه ويسترجع لحظات عمره وخاصة ما ذهب منها في دوامة الضياع جلس لحظة بين يدي الله تعالى نادما على أوقات قد سلفت من عمره وغلبه النوم فإذ به يواجه لحظات حياته ويحاورها:

فقال لها: أريدك إن ترجعي إليّ حتى أستغلكِ بالخير.

قالت: إن الزمان لا يقف محايدا.

فقال لها: يا لحظة أرجوك ارجعي إلى حتى انتفع بك وأعوض تقصيري فيك.

قالت: وكيف أرجع وقد غطتني صحائف أعمالك.

فقال: افعلي المستحيل وارجعي فكم من اللحظات قد ضيعتها بعدك؟

قالت: لو كان الأمر بيدي لرجعت ولكن لا حياة لمن تنادي وقد طويت صحائف أعمالك ورفعت إلى الله تعالى.

فقال: وهل يستحيل رجوعك إليّ وأنت تخاطبينني؟

قالت: إن اللحظات إما صديقة ودودة تشهد لصاحبها وإما عدوة لدودة تشهد عليه وأنا من اللحظات التي تشهد عليك يوم القيامة فكيف يجتمع الأعداء؟

فعلينا أن نعرف أهمية الوقت وأن إهداره وإضاعته يعني إهدار الحياة وضياعها لأن الوقت هو الحياة.

فقال: يا حسرتى على ما ضيعت من عمري من لحظات!

ولكن أرجوك ارجعي إلى حتى أعمل فيك صالحا فيما تركت.

وسكتت اللحظة.

فقال: يا لحظة! ألا تسمعينني أجيبي أرجوك.

قالت: يا غافلا عن نفسه يا مضيعا لأوقاته ألا تعلم أنك الآن من أجل إرجاع لحظة قد ضيعت من عمرك لحظات فهل عساك أن ترجعها كذلك.

فبادر يا غافلا واعمل واجتهد واتق الله حيثما كنت وأتبع السيئة الحسنة تمحها وخالق الناس بخلق حسن.

فقام من نومه متذكرا قول الله تعالى ((إن الحسنات يذهبن السيئات))

فخرج من البيت عاقدا العزم على ترك الإدمان، كما أرشد عن الذين عملوا على إفساده، استغرب هؤلاء الرفاق من هذا التحول! وكيف فشلوا في القضاء عليه وتحطيمه والغوص به في أعماق الفساد، ونجح هو في محاربة نفسه ومحاربتهم بل والقضاء عليهم وإسقاطهم جميعا وإدخالهم السجن.

وبعزيمة صلبه أثارت دهشة الأطباء نجح في وقت قصير جدا من التخلص من أعراض الإدمان فقد رسخ في نفسه التصميم على التخلص من تلك السموم التي كادت تنهي مستقبل أسرة بأكملها في حاجة إليه وإلى جهوده حتى تنتشل من الحياة السيئة التي أجبروا عليها فكان لابد من التصميم على ذلك، فكيف يضعف وهو الشاب ويعجز بكل سهولة أمام ظروف الحياة القاسيه وظلم البشر فيما رفضته أمه التي واجهتها بكل تحدٍ من أجل أبنائها ومستقبلهم.

وبالفعل نجح في التخلص من تلك السموم واستمر في العمل على إيصال إخوته إلى مستويات ممتازة من التعليم وفي وقت قصير وبفضل ذكائه وتصميمه أصبح مهندس برمجيات ناجح وبدأ لا يلاحق على العمل وأرسلت إليه العديد من الشركات المحلية والعالمية للعمل معها وأعجب به أحد أساتذته في الكلية يمتلك شركة برمجيات وألكترونيات فعرض عليه العمل عنده في منصب كبير ومرتب مغرٍ بشركته كما جاءته عروض ببعض الشركات العالمية فاختار شركة أستاذه حتى يكون بالقرب من أمه وإخوته

فأظهر براعة في مجاله وأدخل أرباحًا كثيرة للشركة لأفكاره وحسن إدارته فجعله مديرًا للشركة ومسئولًا عنها.

بعد بضع سنين قام بافتتاح شركة خاصة به وانتقل هو وأمه وإخوته من شقتهم القديمة إلى فيلا في أحد الأحياء الراقيه وفي مدخلها بمكان مميز وواضح وضع ماكينة الخياطة حتى لا ينسى فضلها وفضل أمه عليه وعلى إخوته وانتقل إخوته إلي مدارس خاصة، وفي أحد الأيام دخل على أمه فرحا مسرورا وأخذ يقبلها على يدها ورأسها وهي تدعو له فرحة به ولا تعلم سر سعادته الغامرة حتى فاجأها بتقديمه لهدية لها تتمناها كل أم وهي رحله إلى أراضي الحجاز لأداء مناسك الحج والعمرة وقد كانت فرحتها غامرة.

أصبحت شهرته كبيرة ففي بضع سنوات أخرى أصبح من كبار رجال الأعمال وأقام علاقات كثيرة مع صفوة المجتمع لقد كان لبقا حاد الذكاء سريع البديهه ورغم ذلك لم ينسَ الفقراء والبسطاء كان يساعد كل من يطلب المساعدة ومن لا يطلبها خاصة أبناء الحي الذي عاش به أيام الفقر والشقاء حيث لم ينس مساندتهم لأمه ومساعدتهم لهم، لم يتأخر عن مد يد المساعده لصغير أو كبير واحتضن المتميزين والمتفوقين من أبنائهم وتكفل بكافة مصاريف التعليم.

قام بالاتصال بالدكتور نظمي من كان سببا في سعادته وسعادة أسرته وما وصل اليه وقد فرح الدكتور نظمي باتصاله هو وزوجته كما دعاه لزيارتة في الفيلا هو وأمه وإخوته فلبى الدعوة وأخذا يتذكران اللقاء كما أخبره بكل ما حدث له منذ ان تخرج من الكلية التي ساعده في التقدم إليها ودخلت زوجة الدكتور نظمي تدعوهم للغداء وبعدها خرج مع الدكتور لتناول القهوه في الحديقه وبعد قليل استأذن الدكتور منه لإجراء اتصال هاتفي وعندما انتهى منه عاد فلم يجده فجال بنظره في الحديقه فوجده يقوم بمسح

سيارة الدكتور الذي فوجئ بذلك فطلب منه الكف عما يفعل فقال: هذا أقل شيء أفعله لمن كان سببا في سعادتي وسعادة أهلي فدمعت عينى الدكتور فخرًا بذلك الشاب وطلب منه أن يعتبره كأب له وتسامرا حتى حل المساء فاستأذن ورحل هو وأمه وإخوته على وعد بتكرار الزيارة والاتصال وطلب المشوره والعون.

في اليوم التالي أخبرته سكرتيرة مكتبه بأن هناك شخصًا ما يلح في طلب مقابلة مدير الشركة والسماح بالدخول إليه وأخبرته أنه يبدو عليه البؤس والشقاء فطلب منها سرعة إدخاله لأنه قد يكون شخص في مشكلة ويحتاج للمساعده.

دخل الرجل المكتب فقام بدعوته بالجلوس وطلب له شيئًا يشربهُ مبديًا استعداده لسماع مطالبه.

للوهلة الأولى لم يتعرف على الرجل كما أن الرجل لم يتعرف عليه وأثناء طلب الرجل منه عملا يعينه على نوائب الدهر ويساعده على التعايش منه هو وزوجته بدأ يتعرف عليه إنه عمه إنه من ظلمهم ومن استولى على أملاك أبيه وميراثه وميراث أمه وإخوته وكاد يقضي على مستقبله واستولى على عمله بالجامعه لأبنه وأقصاه بنفوذه.

فقال له أين حق أبناء أخيك أين ابنك الدكتور؟ كيف يتركك هكذا؟ فتعرف العم على ابن أخيه على من استولى على أموالهم ومستقبلهم ظلما وزورا فقال الظالم في حزن وإنكسار: كل شيء أخذته منكم بدون وجه حق ضاع ولم يبق منه شيء، فقد أضاعه ابني الدكتور بسبب المخدرات التي أدمنها بل تاجر فيها وسجن بسببها كما استولى بقية أبنائي على ما تبقى وطردوني أنا وأمهم وأصبحنا نسكن الشارع ونستجدي مساعدة الناس.

فبكى الظالم والمظلوم .

فيا مظلوم نام وارتاح عمر الحق ما راح ويا ظالم ليك يوم
تشرب أسى وجراح

الشهير

الشهيد

تقابلا في مكان ما وكان أحدهما يدين بالإسلام متوسط الحال يعمل يوميا لطلب الرزق وبالرغم من ذلك كان يعطي الفقراء من القليل الذي معه ، والآخر وثني كان كثير المال يضحك على المسلم بصوت عال كلما رآه يعطي من ماله الفقراء ولكن الآخر كان يبتسم له ويقول إن ديني يعلمني مكارم الأخلاق ومنها الشعور بحاجة الآخرين ويحثنا على مساعدتهم أما أنت فماذا تعلمت من دينك .

فقال الغني :- إن ديني يعلمني الصدق وأن أحتفظ بمالي لنوائب الدهر ولا أعطي منه أحدا ولن أترك ديني مهما يكن وآلهتي بجانبي أراها كل يوم وإن عصيتها أو أذنبت ذنبا ولو كبيرًا يكفي أن أقدم لها قربانًا وأرضي كهنتها فتغفر لي وترضى عني .

قال المسلم :- أما أنا فديني أفضل الأديان وأصدق الأديان رسل يرسلها الله إلينا لنعبده وحده لا شريك له فنحن المسلمون ندين بأنه لا يوجد سوى إله واحد لا شريك له خلق الكون في ستة أيام وخلق كافة مخلوقاته فالله ليس له شبيه ولا زوجه ولا ابن وليس له مكان معين فقال تعالى في كتابه العزيز ((لا تدركه الأبصار وهو يدرك الأبصار وهو اللطيف الخبير)) صدق الله العظيم .

أما أنت فدينك وإلهك من صنعك فمنكم من يصنعه من حلوى فإن جاع يأكله وكيف يكون إلهًا وهو يؤكل إذا فهو ليس بإله .

فقال الغني :- أصمت أيها الغبي ما الذي تقوله ديني أفضل من دينك .

فقال له :- وما الذي يجعل دينك مميزا .

فقال الغني :- إن ديني يدعوني للمحافظة على مالي لأتمتع به وألا أهدره بدون فائدة وألا أعطيه لغيري دون مقابل من الكسالى والفقراء .

فقال له :- ومن قال لك بأنني هكذا أهدر مالي بلا فائدة لي أو لغيري .

فقال الغني :- إذا ما الذي تفعله ، فإنك تعطيهم أموالك وتقول لي لم أهدره ، كيف ذلك ؟

فقال له :- لأنه محفوظ عند الله فهو ليس مهدرا بلا فائدة ، بل هو له فائدة كبرى وهو الثواب في الآخرة والبركة في الرزق فما نقص مال من صدقه ومحبة الناس .

فقال الغني :- إذا فدينك دين سلام ومحبة كما تقول أليس هناك أي أذى لكم أو ضرر يأتيكم من هذا الدين ؟

فقال له :- نعم ديني دين محبة وسلام إذا فليس هناك من ضرر ، فكل ما يأمر به ديني فيه منفعة للناس وفائدة لهم سواء كانوا أغنياء أم فقراء .

فقال الغني :- وما الفائدة التي تأتي من الفقير للغني ؟

فقال له :- ((إن الله يعطي من يشاء ويأخذ ممن يشاء)) فالله يعطي الغني ويزيد في ماله ويوسع رزقه ليعطي الفقير فبعض الأغنياء الذين لا يتصدقون تحدث لهم مشاكل كثيرة ومستمرة لا يجد لها حلا، وللصدقة فوائد عظيمة للغني قبل الفقير فالله يبارك له في الأولاد والمال ويزيد من محبة واحترام الناس له ونيل الدعاء ، أما فائدته للفقير أنه لا ينام جائع ولا عارٍ ولا حزين ويسعد المُعطِي والمُعطَى.

فقال الغني :ـ ما أسعدكم وما أشقاني فكيف الدخول لهذا الدين العظيم وماذا أفعل لكي أكون مسلما وأدخل دين الحق دين الإسلام .

فقال له :ـ مرحبا بك يا أخي في دين الإسلام فلقد زادني الله خيرا فوق الخير الذي أنا فيه ، فإن أول الإسلام هو النطق بشهادة أن لا إله إلا الله * وأن محمداً رسول الله .فردد الغني نطق الشهادة وراءه وبعد قليل من الوقت وجده مرتبكا وخائفا فقال له ماذا بك يا أخي ألم يطمئن قلبك للإسلام .

فقال الغني :ـ لا والله لقد استراح قلبي للإسلام ولكني أخشى القتل من أهلي وأصحاب ملتي .

فقال له :ـ لا تخف ولا تخش شيئا فإن الله هو خير حافظ ومن توكل على الله واستعان به بصدق حفظه الله بالإضافة أنني سوف أكون معك ولو أراد الله حفظك وحمايتك فلن يضروك شيئا ولو اجتمعوا وإن أراد الله لك إحدى الحسنين وهما النصر أو الشهادة فأنت خالد في الجنة لأنك اليوم كأنك مولود من رحم أمك ، وستغسل كل ذنوبك مثل ما تُغسل الثياب البيضاء من الدنس .

فقال الغني:ـ ما الأمور التي إن فعلتها بعد النطق بالشهادتين أصبح مسلما حقيقيا ؟

قال له :ـ عليك أن تغتسل غسل المسلمين وعند كل صلاه من الصلوات الخمس تتوضأ قبل الصلاة ، وأن تصوم نهار رمضان من الفجر حتى المغرب ، وأن تخرج زكاة المال ، وأن تؤمن بالله وملائكته وكتبه ورسله وباليوم الآخر وبالقدر خيرة وشره ويكون من قلبك وليس باللسان فقط ، وأن تحج إلى الكعبة إن استطعت إلى ذلك سبيلا.

فقال الغني :ـ وكيف أصلي وأتوضأ ؟

فقال له :ـ أن تغسل يديك ثلاث مرات، وتستنشق ثلاث ، وتمضمض ثلاث ، وتغسل وجهك ثلاث ، ثم تمسح رأسك وأذنيك ،ثم قدمك اليمنى قبل اليسرى .

فقال الغني :ـ وكيف أصلي ؟

فقال له :ـ هناك خمسة فروض نصليها في اليوم، الصبح ركعتان جهرا، ومعه ركعتا الفجر سنة سرا ،الظهر أربع ركعات سرا ، العصر أربع ركعات سرا ، المغرب ثلاث ركعات اثنان جهرا والثالثة سرا ، والعشاء أربع ركعات اثنان جهرا واثنان سرا وركعتي الشفع وركعة الوتر كل على حده سرا، وفي كل ركعة تقرأ الفاتحة وبعض آيات من القرآن الكريم أو سورة من قصار السور وأنت واقفا ولكن قبل ذلك ترفع يديك في مستوى الأذنين وتقول نويت أصلي صلاة وتسمي اسم الفرض الذي ستصليه ثم بعد القراءة تركع قائلا ثلاثاً سبحان ربي العظيم ثم تقف قائلا سمع الله لمن حمده ربنا ولك الحمد ثم تسجد قائلا سبحان ربي الأعلى ثلاثاً ثم تجلس مستوياً ثم تسجد مرة أخرى قائلا سبحان ربي الأعلى ثلاثاً ثم تقف على قدميك مرة أخرى وهكذا حتى تأتي في نهاية الفرض وتقول التشهد الأخير ومن قبل تقوله بعد الركعة الثانية .

فقال الغني :ـ وما التشهد ؟

فقال له :ـ التشهد هو أن تقول((التحيات لله والصلوات والطيبات السلام عليك أيها النبي ورحمة الله وبركاته السلام علينا وعلى عباد الله الصالحين أشهد أن لا إله إلا الله وحده لا شريك له وأشهد أن محمد عبده رسوله، اللهم صل على سيدنا محمد وعلى آل سيدنا محمد كما صليت على سيدنا إبراهيم وعلى آل سيدنا إبراهيم في العالمين إنك حميد مجيد ، وبارك على سيدنا

محمد وعلى آل سيدنا محمد كما باركت على سيدنا إبراهيم وعلى آل سيدنا إبراهيم في العالمين إنك حميد مجيد))

والإسلام به أفعال فرضت علينا وأفعال سنه عن الرسول صلى الله عليه وسلم .

فقال الغني فرض وسنه ما معنى ذلك؟

فقال له :ـ السنة فهي أفعال نفعلها أو لا نفعلها ففاعلها يثاب عليها وتاركها لا يحاسب عليها عند الله ، أما الفرض فلابد من فعله فتاركه يحاسب حسابا عسيرا عليه إلا إذا تركه لعذر قد يسقط عنه الفرض وقد يُقضى بعد ذلك لعذر وقتي .

فقال الغني :ـ والله لا أزيد على ذلك ولا أنقص .

فقال له :ـ فهنيئا لك الجنة إن صدقت كما قال رسول الله صلى الله عليه وسلم للأعرابي .

أحب الغني أن يهدي الله قومه كما هداه للاسلام فأخذ يدعوهم للإسلام ويعرفهم بتعاليمه ومحاسنه للفقير والغني ولكنه وجد منهم صدا ومقاومة شديدة بل وهددوه بالعقاب إن لم يكف عن ذلك ويرجع الى دين الآباء والأجداد وعندما وجدوه صامداً في موقفه تعرضوا له بالإيذاء تم قتلوه.

وبعد مدة ليست بالبعيدة عرف المسلم أن أخاه الذي أسلم قد استشهد على يد قومه المشركين عندما أخذ يدعوهم لعبادة الله الواحد الأحد الفرد الصمد الذي لم يلد ولم يولد ولم يكن له كفوا أحد فترحم عليه وصلى عليه صلاة الغائب ، ورآه في منامه في أحسن حال يطوف الجنان في حواصل طيور خضر مسكنها أسفل عرش الرحمن وتلك منزلة الشهداء والصديقين وحَسُنَ أولئك رفيقا .

قتل

قتل

كنت شاهدا على جريمة قتل، وللأسف إنها جريمة لا يعاقب عليها القانون، ولا يستطيع أحد أن يقدم الجاني فيها إلى القضاء .

كنت في زيارة لأسرة صديقة، الأب في نهاية الأربعينيات موظف مرموق، وله في هذه الدنيا ولد وحيد، طالب جامعي ما يزال في السنة الثانية يتعثر عاما- ويجتاز بنجاح ضئيل- عاما آخر.

ويبدو أنني وصلت في موعد غير مناسب حيث كان النقاش محتدم بين الابن من جهة والأب والأم من جهة اخرى .. الأبن له طلب وحيد يتلخص في عدم إكماله دراسته الجامعية ويريد الذهاب إلى ورشة سيارات، وعندما وصلت أصروا أن يشاركوني في الحديث، فأخذت أسمع الابن وهو يسرد مبرراته، وأخذ يصرخ الابن: ماذا فعل العلم لكم جميعا، أبي وأنت وعمي وأهلي الذين تمسكوا بالعلم كلكم متسولون بياقات بيضاء وجيوب فارغة وحرمان من الرفاهية تنتظرون آخر كل شهر الراتب بفارغ الصبر حتى تدفعون ما عليكم من ديون للبقال وغيره، وطيلة حديث الابن كان لون وجه الأب يتغير ثم وقع من مقعده فاقداً القدرة على الحركة والنطق فلقد أصيب بشلل نتيجة انفجار في المخ.

وبالرغم مما حدث للأب لم يتراجع الابن عن أفكاره فترك الابن الجامعة دون احترام رغبة الأب الذي خسر صحته وعندما عاتبناه قال أن والده سقط مريضا عندما رأى صورة حياته على حقيقتها.

ودارت الأسئله برأسي: كم من أبناء هذا الجيل الذي يعيش ويكبر تحت بصرنا تتغير أخلاقه وتتبدل قيمه؟

ماذا نفعل كي نزرع في حقول هذا الجيل فكرة بسيطة مفادها أن العلم في حد ذاته قيمة وغاية ومنهج لتدريب العقل.

ماذا نفعل جميعا كي نحمي أبناءنا وأنفسنا من زحف الجهل، فالأجيال القادمة تحتاج إلى غرس القيم والسلوك الحميد وتوعيتهم وإدراك أهمية وقيمة العلم، فبالعلم تبنى الأمم والعلم يأتي بالمال وليس المال وحده هو من يبني الأمم .

الدواء العجيب

الدواء العجيب

في المساء وبعد العشاء، وعلى مصطبة أمام منزل العم رجب جلس العم حسان مع أخيه رجب.

قال حسان هل ما سمعته صحيح يا رجب؟

قال رجب وماذا سمعت يا حسان؟ خيرًا إن شاء الله.

فرد حسان صحيح إنك طلعت ابنك من المدرسة وسفرته مصر علشان يشتغل ويجيب لك فلوس وهو لسه طفل عمره13 سنة.

فأجاب رجب بغضب: أنا حر يا أخي وبعدين أنا عندي ست عيال أتنين في المدرسه واحد في رابعه والكبير في أولى اعدادي والباقيين عاوزين ياكلوا ويشربوا والمصاريف بتزيد وكل يوم في الطالع واللي داخل يدوب على كد الأكل والشرب والعيش الحاف يعني العين بصيرة والأيد قصيرة يا خوي.

فرد حسان قائلا: بس ده ما يمنعش أن يكمل الواد دراسته، وبعدين ياما حذرتك من كثرة الخلفه وأدي النتيجه مش مكفي عيالك وكمان بتضيع مستقبلهم وطلعهم من المدرسة علشان يسَعدوك في مصاريف البيت.

رد رجب بغيظ: أيوه لازم تقول كده ما هو أنت ما عندكش غير أتنين وبعدين ما هو التعليم عامل أيه، ما هما بياخدوا الجامعة ويقعدوا في البيت لا شغله ولا مشغله يعني عواطليه.

رد حسان وقد أنتصب ينوي الذهاب قائلا: بكره تعرف يا رجب فايدة التعليم وبيعمل ايه، بكره هتشوف.

بعد ذهاب حسان أخذ رجب بينه وبين نفسه يضحك وهو يقول:
بلا تعليم ووجع دماغ يا عم ده ما جيبش همه.

مرت أيام قليله بعد هذا اللقاء شعر رجب بألم شديد في عينيه وتوقف عن العمل وبالرغم من ذلك لم يذهب للطبيب ولم يذهب للمشفى ولما اشتد عليه الألم طلب من زوجته أن تبحث عن أي شيء لتقليل الألم.

فقال رجب لزوجته: شوفي لي حاجه يا هنيه للوجع ده اللي في عيني تبرده خلاص مش مستحمل أتصرفي يا وليه.

قامت هنيه وأخذت تبحث عن أي قطره في البيت حتى وجدت قطره قديمه وأعطتها له فأخذها رجب وأنزل بضع قطرات منها في عينيه دون أن يعلم ما فيها منتظرا أن يزول الألم.

لكن أشتد الألم في عين رجب وأخذ يصرخ من شدته وكاد أن يذهب بصره، طلب رجب من زوجته أن تسرع للأستنجاد بأخيه حسان وأن تحضره بسرعه.

جاء حسان مسرعا فوجده يصرخ من شدة الألم فحمله إلى المشفى وبعد عرضه على الطبيب قال الطبيب لحسان: ماذا أستعملت يا حج لعلاج أخيك.

وهنا ردت هنيه: ما فيش غير القطرة يا دكتور.

فقال الطبيب: أين هي؟ فأخرجتها هنيه، فصرخ الطبيب في وجه الجميع قائلا " حرام عليكم أنتم عارفين إيه ده"

فقال حسان: إيه يا دكتور؟

فقال الطبيب: بتعرف تقرأ؟

رد حسان أنا معي شهادة محو الأمية، فأعطاه الطبيب القطره، وهنا نظر حسان إلى القطرة ثم قال: يا خبر يا هنيه أنت عارفه ده بتاع أيه.

فردت معرفش أنا لما لقيتها قلت دي بتاعة عنين، فرد حسان دي نقط أذن يا هنيه مش عنين.

قال الطبيب: وكمان مدة صلاحيتها منتهيه من3 سنين شفتوا الجهل بيعمل فينا أيه.

جلس حسان بجوار رجب وقال: شفت يا رجب التعليم بيعمل إيه، أهوه كنت هتضر نفسك ولكن ربنا سترها والحمد لله.

قال رجب: آه يا حسان يا ريتني سمعت كلامك، ومن بكره هاروح فصول محو الأمية وهابعت لولدي يجي من مصر علشان يرجع لمدرسته ويكمل تعليمة، أنا دلوقتي عرفت فين الدوا الحقيقي.

فرد الجميع " طبعا في التعليم، الدواء العجيب هو التعليم"

من لهذا الطفل

في هذا الليل المغترب.. يجوب بين النجوم الصامته ليصنع ستاراً من سواد وزخرف خيوط الضوء المخبتة تحت القباب الرمادية...

نظرات بائسة، بكاء صارخ، سكوت جامد، استغاثة دون جدوى، إنه طفل بريء ترى ماذا جنى هذا الطفل من دنياه إلا هذه الأحوال؟

هل هو أخطأ لينال جزاءه؟ هل كذا؟ هل كذا؟

إنها أسئلة تحتاج إلى إجابات فعلية عملية... إنها عملية قتل طفل أو طفلين أو أكثر....

بل هي عملية قتل لجيل بأكمله...

ترى ما هو الحل لهذه المشاكل الرامية لإعادة هذه الأجيال؟

الدنيا حظوظ

قال: لقد كرهت الناس، إنهم يحقدون ويكرهون، ويغيظهم الناجح إذا نجح، ويسلقون الفاشل بألسنة حداد، هل الإنسان مسئول عن نجاحه أو فشله؟

قلت: ومن المسئول غيره؟

قال: الظروف والحظوظ.

قلت: ليس في الدنيا حظوظ إنما فيها عمل وجد وتخطيط.

قال: وهل فلان هذا عمل وجد وخطط؟

قلت: لو لم يعمل ويجد ويخطط لم يبلغ ما بلغ!

قال: إنه كسول، متراخٍ، لاهٍ.

قلت: في نظرك وحدك، ولكنه في نظر الناس شيء آخر.

قال: نظر الناس طبعا نظر المجموع، ألم تعرف المثل السائر((ألسنة الناس أقلام الحق))

هديل

هديل

في يوم مشرق جميل وجو صافٍ تسودة رائحة الزهور في فصل الربيع استيقظ فرخ الحمام هديل فرحًا وذهب إلى أبيه الحمامه حكيم قائلا له لقد رأيت يا أبي اليوم حلم جميل لم أرَ مثله من قبل لقد رأيت وكأني جالس على عرش عظيم والطيور تهتف بأسمي وأنهار من الماء والحب تتدفق تحت عرشي فقال أبوه حكيم يا بني هذا حلم جميل يدل على أنك سوف تكون قائدا لسرب الحمام وكثير من الطيور في حله وترحاله وتقوده إلى أماكن ذات ماء وفير وحب كثير يكفي كل الطيور على وجه الأرض.

لكن يا ولدي لا تخبر إخوتك بما رأيت فتشتعل نار الغيرة في صدورهم، يا ولدي إن عرفوا ذلك الحلم فسوف يزداد حقدهم عليك أكثر مما هم حاقدون وقد يقتلوك أو يسلموك للنسر الشرير ذي العين الواحدة يا ولدي اجعل هذا الكلام بيني وبينك سرا كأنه في بئر ولا تخبر به إخوتك من الحمام.

عمل هديل بنصيحة أبيه الحمامه حكيم ولم يخبر إخوته من الحمام، اجتمع أبناء حكيم في يوم من الأيام وأثناء التقاط البذور والحبوب من أحد الحقول القريبه من برج الحمام القاطنين به أخذوا يتحدثون عن شدة حب أبيهم حكيم لأخيهم هديل معتقدين أنه يفضله عليهم ويخصه بقلبه دونهم فازداد حقدهم وكرههم لأخيهم راغبين في عدم رؤيته ووجوده بينهم فهو يقف بينهم وبين حب أبيهم لهم، فقرروا الخلاص منه والقضاء عليه، فمنهم من طالب بقتله، ومنهم من طالب بتسليمه للنسر الشرير، ولكن أخاهم الكبير صريم رفض كل ذلك ونصحهم بنبذ فكرة القتل أو تسليمه للنسر الشرير، فأخذوا يفكرون في ماذا يفعلون للخلاص

من هديل حتى اهتدى أحدهم إلى فكرة وهي خداع هديل وإيقاعه في شبكة أحد الصيادين، لكن كانت هناك مشكله تواجه هذا المخطط وهو أن أباهم حكيم لا يترك هديل يذهب بمفرده إلى أي مكان كان، فقرروا أستعطافه والتحايل عليه وخداعه وذلك بإظهار الحب والمودة لأخيهم حتى يترك أبيهم أخاهم هديل يذهب معهم لجمع الحبوب في حقل من الحقول الذي عرفوا مكانه وتردد الصياد ونصب شباكه بين الأشجار ونثر الحب لإيقاع الفرائس من الحمام فأخذوا يستعطفون أباهم حتى وافق بعد طول إلحاح وأوصاهم أن يحرسوا هديل ويحافظو على حياته من النسر الشرير.

فرح الإخوة العشرة بنجاح حيلتهم وموافقة أباهم حكيم على ترك أخيهم هديل يذهب معهم، طار سرب الحمام ومعهم هديل بقيادة أخيهم الكبير صريم حتى وصلوا إلى الحقل المنشود وأخذوا يتنقلون بين المروج يرفرفون يلعبون ويطعمون ويشربون، وهديل فرح سعيد وعندما قرب الرحيل أخبروه أن هناك بين شجرتين كبيرتين كثيرتي الفروع والأوراق الكثير من الحب ذو الطعم الجميل، ولقد كانت هذه خطتهم للخلاص من هديل وإيقاعه في شبكة الصياد فأسرع المسكين بحسن نيه إلى مكان الكمين فكان صيدا سريعا للشباك وقفص الصياد.

التفت الشباك على ساق هديل المسكين فأخذ يرفرف بجناحيه للخلاص فزاد الوثاق فأخذ يستنجد بإخوته فما أسرعوا لنجدته، وعلى أغصان الشجرة وقفوا وللأسفل نظروا وبحقد دفين في قلوبهم قالوا هذا ما تستحقه يا من لفؤاد أبينا ملكته فعلم هديل الآن بما انطوت عليه صدورهم من كره كثير وشر مستطير فأحس بحزن كبير وقلب كسير.

تركة إخوته بين الشباك وراقبوه حتى رأوا الصياد قادما من بعيد فرحا لما رأى الشباك قد صادت حمامة فحل وثاق الحمامة هديل ووضعه في قفص وهو حزين.

بعد رحيل الصياد بصيده الثمين قام الحمام إخوة هديل بجمع ريشه من مكان الكمين مكان سقوطه في الشباك ولطخوه بدم قط مسكين قد مات عندما صدمه محراث وأخذوا تلك الريشات ووضعوها أمام أبيهم حكيم وهم للدمع مزرفون وللحزن مظهرين مطأطئي الرؤس طالبين الصفح والغفران لتقصيرهم وعجزهم في حماية هديل الذي أصبح طعاما للنسر الشرير، وأخبروا أباهم حكيم بأنهم تركوا هديل في حراسة ما جمعوه من حبوب وذهبوا لجمع المزيد ولما عادو كان الأوان قد فات ولم يجدوا غير تلك الريشات والنسر طار فوق السحاب، وبأنهم عنده غير صادقين رغم أنهم على فقده في حزن أليم.

فتركهم أبوهم حكيم وطار بحثا عن ابنه الأثير فطار عاليا وطار حتى ذهب النهار وعاد مهموما وقلبه كسير وأخذ الحزن منه كل مأخذ وملئت عيناه بالدمع الغزير.

وفي ذات الوقت حمل الصياد الحمامه هديل وذهب به إلى سوق كبير تباع فيه كل الطيور والمحاصيل وهناك قابله رجل يبدو عليه أنه صاحب جاه ومال وفير، وباعه الصياد هديل بسعر هذيل.

كان الرجل له زوجة حنون وله من المال والغنى الكثير ولكنه ذو قلب كسير فليس له أولاد فأعجب بالحمامه هديل فوضعه بين يديها وطلب منها رعايته كأنه ابن لديها فأخذته السيدة ووضعته في مكان من المنزل جميل به ألعاب كثيرة وأشجار مصنوعة صغيرة وأوانٍ مستديرة بالماء النظيف مملوءة وأخرى بها من الحبوب الأشكال الكثيرة.

عاش هديل في سعاده يشوبها حزن وشوق كبير لأبيه حكيم وأخيه جميل، وفي الطرف الآخر استمر حزن حكيم على ابنه هديل حتى ضعفت جناحاه وقل البصر وقصر مداه فاعتزل حكيم الحياة.

استمر الإخوه القساة على حقدهم لهديل خاصة لما اشتد عليه حزن حكيم وظهر كبر حبه بعد فقدانه بشكل كبير، ولقد أعطتهم الحياة ظهرها وكشفت لهم عن مكرها فجفت المياه وقلت الحبوب وهددت الأرض حياة سكانها.

أما هديل فقد كان في غنى وخير وفير وحب كثير وفي حقول سيده يطير، وللطيور يسود ولحكمه تخضع القلوب، لعدله وعدم جمعه للحب لنفسه وتقسيمه فيما بينهم دون نقصان لصغير أو إكثار لكبير.

سمع الإخوه من الحمام بعد طول عناء وصيام وشح في الطعام عن عدل حمامة في حقل بعيد وإسعافه للعديد، للمحتاج المسكين وإطعام الطعام للجائع الفقير فذهبوا إليه قاصدين للقليل من الطعام طالبين لأبنائهم الجائعين ومن الفناء هاربين فذهبوا إليه طارقين وعلى بابه واقفين للعطاء منه راجين.

فعرفهم هديل ووافق لهم على المنح والعطاء بشرط غريب وهو إحضار أخ لهم صغير حتى يمنحهم من الحبوب الكثير فذهب العشره من الحمام إلى أبيهم راجين وأعطوه المواثيق لحمايته من غوائل الطريق فوافق على مضض وذلك للحاجه فأخذ الإخوه العشرة من الحمام أخاهم الفرخ الصغير جميل فرحين وبالخير الكثير مستبشرين وهناك أكرمهم هديل وأعطاهم من الحب الكثير، ولما هموا بالمغادرة نادى عليهم منادٍ أنكم أيها الحمام سارقون ولتاج الكبير مطلوبون، فرفض الإخوه الأتهام وطالبوهم بتفتيش الحمام، وبالتفتيش الدقيق وجدوا التاج في قلب حبوب جميل ومن أجنحته سحبوه ولهديل أخذوه، ولقد كان قبل المنح والعطاء وعند

الالتقاء وبعد أن عرف هديل أخاه جميل بنفسه هناك اتفاق على تلك الخطه حتى يبقى جميل مع هديل دون معرفة إخوتهم الباقين.

انطلت الخطة على عقول الإخوه ففروا هاربين وللنجاة في السماء طالبين وذهبوا إلى أبيهم حكيم وأخبروه بالخبر الحزين، فرفض الحمامه حكيم هذا الكلام واتهمهم بأنهم فعلوا لجميل فعلهم لهديل فرفضوا الاتهام وحلفوا الأيمان.

جآت أسراب من الحمام من أرض العطاء والخير الوفير تحمل الفرح والبشارة للحمامه حكيم بأن صاحب العطاء وسيد الطيور في حقول الحبوب الوفيرة هو ابنه هديل ومعه أخوه جميل، فرح حكيم بالبشارة وطار من فوره حتى يأتي بالخبر اليقين ومعه سربه من الحمام فدخلوا على الحمامه هديل فرحب بهم وبش في وجههم وسر كثيرا لرؤيته لهم فاجتمعت أسراب الحمام ومعهم أبوه الحبيب حكيم وأمه الحنون وطلب منه إخوته الصفح والغفران لما فعلوه به في سابق الأيام فأعلن صاحب القلب الكبير العفو والغفران عما سبق فالتفت أسراب الحمام ومعها الكثير من الطيور وعلى رأسهم يتقدمهم أبوه حكيم وأمه وأخوته وحملوه على أجنحتهم واعترفوا به قائدا لهم وهكذا تحقق حلمه الجميل وأصبح هديل سيدًا للجميع بما فيهم إخوته.

دماء الجوال

دماء جوّال

في قرية من قرى صعيد مصر اجتمع أهل القرية : الصغير منها والكبير حتى يزيلوا هذاء الوباء الذي حل بالقرية؛ خوفا من أمراض مجهولة قد تنتشر بين الناس بسبب طمع وجشع عائلة حمدان التي لا هم لها إلا مصالحها فقط، فمصالحها فوق الجميع ومنذ هذا اليوم أصبحت عائلة حمدان عائلة مكروهة من أهل القرية فحدثت مصادمات بين أولاد حمدان وبين أهالي القرية أدت إلى مقتل شاب وإصابة اثنين آخرين من عائلات أخرى.

قبيل ذلك الحدث الخطير أتى مندوبان عن إحدى شركات المحمول إلى القرية للبحث عن قطعة أرض لإقامة شبكة تغذيه رئيسية واتصلوا بأحد أفراد عائلة حمدان يدعى الأستاذ جابر .

استقبل جابر مندوبي الشركة وعلى رأسهم المهندس مروان استقبالا يليق بعائلته واجتمع بهم مع كبار العائلة وعرض المهندس مروان على الأستاذ جابر رؤية الشركة للقرية بإقامة شبكة تغذية محمول وأخبرهم بأن هذا مقدمة لإقامة شبكات لشركات أخرى وطلب منهم منح الشركه قطعة أرض في مكان وسط القرية من أملاك العائلة .

سأل الأستاذ جابر المهندس مروان: ماذا ستقدم الشركة لنا في مقابل ذلك؟

فأجاب مروان بأنها ستشتري قطعة الأرض بمبلغ مُغرٍ وقدره مليون ونصف جنيه في مقابل مئتي متر والطريق إلى الشبكة .

أسال المبلغ لعاب الأستاذ جابر فأخذ يفكر كيف يقنع كل كبار العائلة ويطلب منهم الموافقة على عرض المهندس مروان.

وعندما عرض جابر الأمر على كبار العائلة فوجىء بقبولهم العرض واستحسان المجتمعين ما عدا الحاج مصطفى الذي رفض ذلك قائلا: إن هذا الأمر قد يثير غضب العائلات الأخرى في القرية وبالتالي قد يثير الأهالي عليهم.

طلب الحاج مصطفى من المجتمعين التريث حتى يتشاوروا في الأمر جيدا ولا داعي للاستعجال بالموافقة حتى يعرض الأمر على باقي العائلات الأخرى بالقرية.

فقام الحاج عوضين محتجا على كلام الحاج مصطفى قائلا بتهكم: ليه عاد، إحنا قليلين في البلد دي ولا إيه، دحنا أسياد البلد واللي عاوزينه هنعمله ومش هناخد رأي حد ومحدش يقدر يقول لنا لع واللي مش عاجبه يشرب م البحر واللي هيتعرضلنا ميلومش غير نفسه وخلاص الكلام خلص.

اعترض الحاج مصطفى على ذلك الكلام قائلا: أنتم عاوزين تولعوا البلد وتخربوا بيوتنا باللي هتعملوه ده، بكره هتشوفوا إللي هيجرالكم بسبب الكدب والعنطزة وطمعكم .

وقف الحاج مصطفى غاضبا وهو يقول: أنا خلاص مليش صالح بيكم واللي عاوزين تعملوه اعملوه بس لما تقع الفاس في الراس ماتقولوش الحقنا يا مصطفى أنا النهارده من طريق وانتو من طريق .

وعند خروجه من الجلسة أخذ يقول: ربنا يستر ويجيب العواقب سليمة.

بدأ المجتمعون في الحديث والتشاور مع المهندس مروان فطلبوا منه تأمين وظائف لأبنائهم في الشركة وفي شبكة المحمول التي ستقام على أرضهم.

اتصل المهندس مروان بالشركة فوافق مدير الشركة على طلب أولاد حمدان كما طلب المدير من المهندس مروان أن يخبرهم أنه بالإضافة لذلك جعل لكل فرد من المجتمعين وأبنائهم المعينين بالشركة أو شبكة التغذية خط محمول مفتوح الرصيد وبدون مقابل.

رحب جميع الحاضرين بتلك النتيجة المرضية وتم توقيع عقود البيع وحق الاستغلال وعقود التعيين وخطوط المحمول وفي اليوم الثاني بدأت الشركة ترسل عمالا ومهندسين لإنشاء اساسات برج لشبكة التغذية وأرسلت الخامات اللازمة .

اجتهد المهندس مروان مع المهندس علاء في وضع أساسات البرج وبالرغم من السرعة في العمل حتى ينتهوا من إنشاء البرج كما طلب منهم أولاد حمدان قبل أن ينتبه أهالي القرية لما يحدث ويصبح أمرًا واقعًا إلا أن أبناء القرية بدأوا يتجمعون ويتساءلون من هؤلاء الغرباء وماذا يفعلون؟ ولماذا أولاد حمدان يقف بعضهم يحملون الأسلحة النارية حول هذا المكان.

شعر هؤلاء أن ما يحدث لا يبشر بخير للقرية حتى وصل إلى مسامعهم من العمال بأن ما يتم إنشاؤه ما هو إلا شبكة تغذية رئيسية لإحدى شبكات المحمول، فانتشر الخبر كالنار في الهشيم(بأن أولاد حمدان ينشئون محطة محمول لها برج يبلغ ارتفاعه خمسة وثلاثين مترا ومدى تأثير الشبكة يصل إلى ثلاثة كيلومترات).

في بداية الأمر لم يؤثر الخبر كثيرا على معظم أهالي القرية حتى بدأ الشباب المتعلمون يوضحون لهم تأثير هذه الشبكة على أهالي القرية بل وعلى أهالي القرى المجاورة، وبدا الشباب يشرحون لهم بأن هذه الشبكة تنبعث منها الموجات الكهرومغناطيسية ذات التأثير السيئ على الإنسان حيث يسبب

سرطان الدم كما يصيب الفتيان والفتيات بالعقم ويشوه الأجنة في بطون أمهاتهم.

فبدأ اللغط والتذمر بين الأهالي ووصلت الأخبار لكبار رجال العائلات الأخرى فخشوا من سوء العاقبة إن هم صمتوا فقرروا التدخل حتى لا تحدث كارثة في القرية لا يعرف مداها الا الله، فتواصلوا مع الحاج مصطفى لمعرفتهم برفضه للمشروع للتدخل في الأمر لوأد الكارثة قبل بذوغها بترتيب اجتماع بين كبار عائلته والعائلات الأخرى لمناقشتهم وتوضيح خطورة الأمر عليهم وعلى أهالي القرية،وكان على رأس تلك العائلات أولاد سعفان.

فقال الحاج مصطفى: أنا والله يا جماعه حاولت معاهم بأنه بلاش الموضوع ده بس هما رفضوا وصمموا على المشروع وكمان اللي خدوه خلاهم متمسكين بالمشروع ده بس أنا هحاول معاهم تاني.

نجح الحاج مصطفى بعد سعيه في إقناع عائلته بحضور اجتماع العائلات.

فتم اللقاء وبدأ الحديث فقال الحاج فهد كبير عائلة أولاد سعفان: شوفوا يا جماعه انتوا عارفين إن المشروع ده ضرره أكتر من نفعه للبلد فيا ريت بلاش تصمموا على المشروع.

فثار الحاج عوضين واحتج على كلام الحاج فهد رافضا منه أو من غيره التدخل في أمر خاص بهم ووقف قائلا في غضب: الأرض أرضنا والمشروع عندنا وهنعمله ومحدش ليه دخل فيه وانتوا شرفتونا.

أثار كلام الحاج عوضين أفراد العائلات الأخرى فعلا الصوت وظهر الغضب على الوجوه، لكن الحاج فهد طلب من الجميع السكوت وعرض على أولاد حمدان أن تقوم العائلات بدفع مبلغ

المليون جنيه ونصف التي حصل عليها أولاد حمدان من الشركة بالإضافة للغرامة التي قررت في حال طلب أولاد حمدان من الشركة وقف تنفيذ المشروع وتقدر أيضا بمليون ونصف جنيه.

فانتفض الأستاذ جابر من مجلسه محتجا: المشروع ده مشروعنا ومحدش ليه عندنا حاجه واحنا مش بنقبل إحسان من حد، إحنا حرين نعمل إللي عاوزينه ومحدش يقدر يمنعنا حتى التخين في البلد.

فقام أفراد العائلات من المجلس غاضبين ومعهم الحاج مصطفى يظهر عليه علامات الأسف والحسرة والخوف من القادم.

وقبل رحيلهم أخبر الحاج فهد الأستاذ جابر بأنهم يلعبون بالنار وأنهم بسبب الطمع والجشع ونشفان الدماغ هينضروا بشده.

أخذ أولاد حمدان يضحكون ويستهزئون من أولاد سعفان بعد رحيلهم ولكن بالرغم من تصميم الحاج عوضين على المشروع بدأ يشعر بالقلق فطلب منهم أن يأخذوا حذرهم.

في صباح اليوم التالي وأثناء العمل على قدم وساق في إنشاء قاعدة برج شبكة التغذية الرئيسية لمحطة المحمول إذ بمجموعة شباب من القرية يهرولون وهم يصيحون بصوت تفزع له أشد القلوب صلابة باتجاه المحطة غاضبين فترك العمال والمهندسين مكان العمل فارين بأنفسهم فقام هؤلاء الشباب في لحظات بإزالة ما تم إنشاؤه وبعثرة مواد البناء ولم يستطع أولاد حمدان منع ذلك.

أضمر أولاد حمدان الشر لأهالي القرية فاتصل عوضين بابن عم له يدعى مكرم، له سوابق ومعروف عنه أنه شرير ومطارد من قبل الشرطة، فعرض عليه الأمر وطلب منه المساعدة في مواجهة محتملة مع أهالي القرية.

فأخبر مكرم عوضين أنه سيفعل بالقرية ومن فيها الكبير والصغير الرجال والنساء الأفاعيل وأقسم على إذلال أهالي القرية وقال: والله لأمرمغ روسهم في التراب وأذلهم، والله لأخليهم يناموا من المغرب، وانكت عصايتي في قلب البلد ولو كان هناك راجل يمد إيده عليها ويلمسها، والله لخليهم يدخلوا ويخرجوا من البلد بإذن.

قام مكرم بجلب رجاله وكمية كبيرة من السلاح والذخيرة كما طلب من أولاد عمه بالاستعداد للمواجهة مع أهل القرية والعائلات الأخرى والأستعداد لكل الاحتمالات.

تجمع أهالي القرية في صباح اليوم التالي وكان صباح يوم جمعة للحيلولة دون إتمام محطة المحمول بمنع إنشاء برج شبكة المحمول، وعندما حان وقت ظهر الجمعة تجمع الناس بمسجد في القرية قريب من المشروع وأذن المؤذن وصعد الخطيب المنبر ونادي بأن المسلم أخو المسلم لا يظلمه ولا يضره وأن المسلمين كالبنيان المرصوص إذا خلف أحدهم عن البناء وقع الآخرون، فترك معظم أولاد حمدان المسجد ولم يُصلوا لأنهم شعروا أن كلام الخطيب موجه لهم فلم يعجبهم ذلك.

وفي خارج المسجد أمر مكرم رجاله وأبناء عمومته بإطلاق الأعيرة النارية بكثافة باتجاه المسجد والأهالي ما زالوا داخله يصلون حتى يخاف الأهالي ويهرولون إلي بيوتهم، لكن ذلك أثار أهالي القرية على أولاد حمدان وأكثرهم من الشباب فصمموا على القضاء على محطة المحمول وتدميرها مهما كانت النتيجة.

بدأ أولاد حمدان ومعهم مكرم ورجاله بإطلاق النار في الهواء فوق رؤوس المتجمهرين أمام المسجد عقب انتهاء الصلاة وخروج المصلين فما كان من الأهالي إلا أن هاجوا وبدأوا يلقون قطع الطوب والحجارة وهي سلاحهم أمام طلقات الرصاص.

فخرج الآباء والأمهات في هلع إلى مكان المصادمات لجلب أبنائهم فلما شاهدوا الموقف بأعينهم انضموا إلى أبنائهم في مواجهة طغيان أولاد حمدان وازداد إصرارهم عندما سقط أحد الشباب قتيلا لما أطلق عليه مكرم الرصاص عندما حاول الشاب حماية الناس من جبروته وتجريده من سلاحه.

اعتقد أولاد حمدان أنهم بقتلهم لهذا الشاب فالناس سوف يهربون إلى البيوت خوفا من بطش مكرم وأبناء عمومته ورجاله، لكن ما حدث كان عكس ذلك حيث ازداد هياج الأهالي وتصميمهم على تحطيم المحطة وتأديب أولاد حمدان والقصاص من مكرم لقتل الشاب، فأسرع بعضهم لجلب الأسلحة النارية والقضاء نهائيا على أولاد حمدان لكن العقلاء من كبار العائلات حالت دون ذلك حتى لا يصبح الأمر مجزرة وتسيل الدماء كالأنهار فتصبح كارثة بكل المقاييس.

فما كان من أولاد حمدان إلا أن صمموا على إذلال أهل البلد فقاموا بإصابة اثنين من الشباب، إلا أن الأهالي ازداد هياجهم وعلا الصراخ وتطايرت الأتربة.

لجأ العقلاء من القرية إلى الاستنجاد بقوات الشرطة كما تواترت أخبار الحدث إلى بعض الصحف.

استجابت الشرطة وتحركت على أعلى المستويات فتحركت قوات أمن المناطق المركزية وقوات أمن المدينة وأرسلت حملة أمنية كاملة بأسلحتها الخفيفة والمدرعات لاحتواء الأحداث بقدر الإمكان والقبض على أولاد حمدان ومن معهم وتقديمهم للمحاكمة ووقف تنفيذ مشروع محطة المحمول.

عندما بدأت طلائع قوات الأمن تتحرك باتجاه القرية تواترت الاتصالات الهاتفية على أولاد حمدان من بعض أفراد الأمن

الموالين لهم بإخبارهم بنبأ الحملة فبدأ أولاد حمدان في الفرار والهرب من موقع المصادمات.

أسقط الأمر من بين يد مكرم وجابر وعوضين فبدأ كل منهم يفكر في الإسراع للفرار وتوفير وسيلة هروبه.

أسرع عوضين إلى بيته لجلب ما يساعده أثناء هروبه من أموال وأوراق وملابس فوقع في قبضة رجال الأمن، وفي ذات الوقت نجح جابر بمساعدة المهندس مروان في التخفي في زي العمال والخروج من القرية ولكن في كمين بالقرب من المدينة تعرف عليه أحد أفراد الأمن فأخبر قائده فتم القبض عليه.

وعندما تواترت الأخبار على مكرم بقدوم الحملة الأمنية اتصل مباشره بأحد أعوانه لتوفير سيارة خلف حقول الذرة بقرية مجاورة حيث هرب مكرم عبر تلك الحقول وركب السيارة متخفيا في زي رجل مسن مريض ذاهب إلى المشفى هو وأحد أبنائه ولما استوقف رجال الأمن السيارة ادعى مكرم المرض الشديد وأخذ يتألم بشدة فما كان من أفراد الأمن إلا أن أفسحوا الطريق للسيارة كظرف إنساني عاجل بدون تفتيش أو التحقق من شخصية الركاب.

خرج أهالي القرية عن بكرة أبيهم في مشهد مهيب تشيب له الولدان في جنازة الشاب ودفن كأحد الشهداء.

وما زال البحث جاريًا عن مكرم

المؤلف في سطور

الاسم/ محمد عبدالله طلبه محمد محمود طه الصعيدي العنيبسي

مؤلف لقصص الأطفال، والقصص القصيرة

مواليد/ قرية بهيج – مركز ومحافظة أسيوط – جمهورية مصر العربية

حاصل على ليسانس آداب من جامعة جنوب الوادي – سوهاج عام 1999م

حاصل على دبلومة عامة من كلية تربية جامعة أسيوط عام 2014م

عضو بنادي أدب أسيوط / ونادي القصة بأسيوط

ت/ 01143012885 واتس

من مؤلفاته للأطفال: قصة مغامرة في شجرة (منشورة).

المحتويات

9 789778 972184